향기는 코로부터 오지 않는다

시작시인선 0216 향기는 코로부터 오지 않는다

1판 1쇄 펴낸날 2016년 9월 14일
지은이 안용산
펴낸이 이재무
책임편집 김연필
디자인 이영은
펴낸곳 (주)천년의시작
등록번호 제301-2012-033호
등록일자 2006년 1월 10일
주소 (04618) 서울시 중구 동호로27길 30, 413호(묵정동, 대학문화원)
전화 02-723-8668
팩스 02-723-8630
홈페이지 www.poempoem.com
이메일 poemsijak@hanmail.net

ⓒ안용산, 2016, printed in Seoul, Korea

ISBN 978-89-6021-291-6 04810
　　　978-89-6021-069-1 04810(세트)

값 9,000원

향기는 코로부터 오지 않는다

안용산

천년의
시 작

시인의 말

너를 만나
나를 생각하니 문득
모든 것들이
기화氣化로부터 오고 있음을
보았다

기화는 보이지 않는 "너"없이
나 또한 있을 수 없다는
부딪침의 바람이었다

너는 무엇이던가

차례

시인의 말

제1부

바닥이다 ——— 13

향기는 코로부터 오지 않는다 ——— 14

장마 끝이다 ——— 15

물꼬로 가자 ——— 16

참꽃 ——— 17

꽃 꽃 무슨 꽃 ——— 18

저것 좀 봐 ——— 19

이게 무슨 소리여 ——— 20

몸짓이여 ——— 21

그림자 ——— 22

어떤 바람 ——— 23

바람이 놀다 간 자리 ——— 25

아직까지도 ——— 26

그때여 ——— 27

나를 보았다 ——— 28

때가 되었다 ——— 29

세상을 보다 ——— 30

니가 있어 살맛이다 ——— 31

그대여 ——— 32

숲길을 가다 ——— 33

큰 구멍이다 ——— 34

가을걷이 ——— 35

돌고 돌아라 ——— 36

어제보다 더 흔들다 ——— 37

아직두 별이다 ——— 38

제2부

배려 1 ——————— 41

배려 2 ——————— 42

배려 3 ——————— 43

배려 4 ——————— 44

배려 5 ——————— 45

배려 6 ——————— 46

배려 7 ——————— 47

배려 8 ——————— 48

배려 9 ——————— 49

배려 10 ——————— 50

배려 11 ——————— 51

배려 12 ——————— 52

배려 13 ——————— 53

배려 14 ——————— 54

배려 15 ——————— 55

배려 16 ——————— 56

배려 17 ——————— 57

배려 18 ——————— 58

제3부
바람은 다시 분다 ────── 61

제4부

갈 수 없는 고향이다 ——— 75

누구냐 ——— 76

폭우로부터 ——— 77

대둔산 ——— 78

연꽃으로부터 ——— 79

괜찮어 ——— 80

어쩐댜 ——— 81

알았어 ——— 82

그랴그랴 ——— 83

나무로부터 ——— 84

단풍취로부터 ——— 86

벌금자리로부터 ——— 87

명아주로부터 ——— 88

뽕잎으로부터 ——— 89

넝쿨로부터 ——— 90

산촌으로부터 ——— 91

나비로부터 ——— 92

찔레꽃으로부터 ——— 93

쫑지로부터 ——— 94

물로부터 ——— 96

해설

권덕하 기화氣化의 서정 ——— 97

제1부

바닥이다

떠날
때가 되었다

바람으로 내려앉아 떠오르는 꽃씨 하나 지가 살아야 할
디를 찾는다 아무리 찾아도 보이지 않아 바람도 지쳤는지
꽃씨에 의지하여 살짝 가라앉은 그곳이다

민들레
당기고 있었다

향기는 코로부터 오지 않는다

문득 무엇인지 모르지만
화들짝 놀라고 있다
무엇일까

그렇구나
향기는 코로부터 오지 않고
이렇게
온몸으로 오는구나
이미 알고 있는
것에는
놀라지 않았다

알 수 없는 곳으로부터 다가와야
꽃이다

장마 끝이다

오만 분의 일 지도에
없었다

긴 장마
끝
생수 터져
저 스스로도 멈추지 못하는
힘으로
쏟아지는 폭포여 !

오천 분의 일 지도에
있었다

물꼬로 가자

물소리 떨떨
캄캄하다

기다릴 수 없는
물
그 끝에 이르러
마침내 논물이 되고야 마는
물꼬로 가자

가물면 가물수록 더욱
깊어가는
소리여!

참꽃

꽃두 피지 않았는디
모두들
웬 산꽃축제냐구

아직은 일러 피지 않은 산벚꽃을 두구 꽃이 피지 않았다
욕을 하네유 여전히 꽃 대접을 받지 못하는 진달래 한창인
날이었지유 그래유 남들은 좋아 붐비는 양지를 피해 비탈져
햇살도 드문 응달 환하게 피어 있는 꽃 그래서 참꽃이라 하
는 말 거짓이 아니라구유

산새와 산바람 서로
키우는
산꽃 사네유

꽃 꽃 무슨 꽃

이게
무슨 일이여

봄인디 말이 말을 따라 스스로 말속에 갇혀 오르고 내려
열이 올랐는지 한꺼번에 핀 꽃들이 꽃차례도 없어 해마다
봄이 사라지고 있다 어떻게 알았는지 나비도 덩달아 몰려와
아무 일 없었다는 듯 날고 있다

알 수 없는
꽃 하나
피었다

저것 좀 봐

저것 좀
봐

아무것도 보이지
않아

보이지 않는 물 가운데
거꾸로 흐르는
저것 좀
봐

살아 있어 거꾸로
흐를 줄 알았는지 어느새
오 저만큼 자랐구나

네가 있어
또랑이
이렇게 살아 있구나

송사리 떼 좀
봐

이게 무슨 소리여

만나면 철 따라
다른 소리로 흐르는
물이 있어야
도랑이라구

그렇게 서로 부르는
돌 사이
도란도란 있어라

들릴 듯 말 듯
그 소리
정다웠어라

그런디
이게 무슨 소리여

늘 같은
소리 아녀

철없이
흐르는 봇물이었다

몸짓이여

새벽 운동
길

허리를 펴지 못하는
운동인 듯
할머니
손마디 따라
고만큼만 자라는 나팔꽃이었다
만나기만 하여도
서로
햇살이 되고야 말았다

며칠 새
보이지 않는
할머니 숨결이여 !

그림자

그랴
한여름이다

새잎을 내어야 할
그 힘으로
쟁쟁쟁 감아 오른다

두 그루에 없는
며느리밑씻개
잎이 오른다

한 그루
죽은 배롱나무였다

살아 있지 못해
다르게
오른 여름이다

추웠던
지난 겨울이었다

어떤 바람

나무는 저를
몰랐다

저를 몰라
날마다
꿈을 꾸기 시작하였다

나무가 꾸는 꿈은
여태까지 보지도 못하고
들을 수 없는
바람이었다

문득 꿈꾸는 일이
나무라는 것을 아는
순간
그 바람도 사라질까

나무가 저를 몰라
아직도
바람 불고 꽃을 피우니

벌과 나비 저인 줄로 알고
계절마저 바뀌지 않았다

사람도 여전히
볼 수도 없고 들을 수도 없다

바람이 놀다 간 자리

동무 하나
떠났다

지난 해
가을
단풍 진 바람 따라

한겨울

눈발이 먼저 와
놀고 간
자리였을까

복수초 하나
피었네

이른
바람이 분다

아직까지도

잎인가 하였더니
나뭇가지로 다가오고
잠시 나무로 모여들더니

어
느
새

얼음 녹아
산 하나 통째로 비추고 있는

물속

누가
바라보고 있었다

너는 왜
아직도
말하지 못하니

26

그때여

어디에 있을까
아무리
찾아두 보이지
않는다

그 누가 숨겨놓은 그때를 거듭거듭 잠그면서 열어보았
지 열리지 않구 헛돌아 힘을 쓰지 못하는 자물통처럼 이제
버려야겠다

잊어버리자구 돌아설 때
손에 잡혀 있는
그때여!

나를 보았다

저를 알지 못한다

자기 소리를 들을 수 없었다

장구는 자기 소리를 들을 수 없어
꽹과리 소리를 들을 수 있었고
더러 징소리를 들으면서
북소리와 어울리고 있었다

다른 소리를 잊고
자기 소리를 듣게 될 때면
소리들이 놀라 서로
바라보는 것을 알았다

자기를 듣지 못해
답답하거나 불편하지 않았고
듣지 못할수록 더욱
신이 나 두드리고 있었다

마침내
너를 보았다

때가 되었다

그랴
때가 되었어

어둠으로 밤새 달려와 가득 채운 논물이 새벽 햇살로 반
짝이구 있었다 아니 반짝이는 것은 햇살이 아니라 아직두
달빛을 쓰레질하고 있는 흙살이었다

개구리
한 마리
철썩
논물이 된다

세상을 보다

풀밭으로 서 있는
소
귀를 세운다

제 뿌리를 키우려고 풀잎들이 내지르는 소리 점점 줄어드
는 냇물이던가 구름 한 점에 기대어 듣는다

세우면 세울수록 더욱
타들어가는
세상을 본다

니가 있어 살맛이다

모를 심는다
아직도
손으로 모를 심는다

니가 있어 살맛이라구 햇살 고르게 펴 꽂을 때마다 어느 새 돌아와 채우는 물살을 보고 어린 모 땅내를 맡으리 세상에 하나밖에 없는 논둑이었다

그랴
바람이 분다

그대여

한순간
돌고 돈다

　서로 돌지 않으면 나오지 않았다 나 혼자라고 할 때마다
버려야 할 날들이 찾아왔고 비로소 너를 만나 내가 되었지
버려야 할 것들이 많으면 많을수록 더욱 잘게 부서지는 생
생한 날것이여!

　서로 부딪치는
틈이었다

숲길을 가다

누가 장구를
두드린다

30년 다 되도록 외면한 숲길에 들어온 듯 낯설었다 소나
무로 크던 숲은 상수리나무로 변하였고 길은 사라지고 없었
다 그때 숲을 울리는 소리가 있어 잠시 어리둥절하다 소리
를 찾아 걸었다 사라졌다고 생각했던 나무와 딱따구리 서로
궁채와 열채 되어 숲을 두드리고 있었다

네가 있어 숲이 살아 있구나

큰 구멍이다

논
물 잡는다

위 논
논두렁 다 붙여
구멍 없어두
아래 논
저절로 다 잡아간다
붙일 수 없어
틈이다

그랴
큰 구멍이었다

가을걷이

알과 껍질은
하나였다

알이 껍질이었고 껍질이 알이었다
나눌 수 없는 수염을
떼어냈을 때
하나를 둘이라 하였다

처마 안 줄
옥수수
거꾸로 매달려
둘이 하나가 되려고
가을 햇살
거두어들이고 있다

돌고 돌아라

나비가
날고 있다

제 몸에 없는 또 다른
바람이 분다
꽃바람이여
돌고 돌아라

장구가 지금까지 들어본 적이 없는
가락으로
두드리고 있었다

어제보다 더 흔들다

아주머니 오늘도
흔들린다

흔들리지 않으면 닿을 수 없는 저것들을 닦는다 닦는 것
이 힘든 것이 아니라 닦을 것이 있어야 온전한 하루 보낼 수
있다고 불편한 몸이 된 세상을 닦는다

어제보다 더
흔들었다

아직두 별이다

서로 기댈
별이여

해마다 뜰 앞
은행나무 잎들이 작아지면서
점점 보이지 않았다
별들이 보이지 않는
이 땅에서 살아가자면
지울 수 없는 너라도 있어야 한다구
안으로 안으로 지독한
냄새를 품구 있었다

그래서 아직두
별이구나

제2부

배려 1

풀 하나 제대로
있지 못한다

자라기만 하면 여지없이 잘린다 잘릴 때마다 냄새로 구
름 씨앗을 키우더니 하늘로 올라 다른 풀씨들과 더불어 비
가 되어 내린다 비가 내리는 만큼 잘리지 않구 자란 풀들이
날카롭게 날을 세우고 있다

폭우에도 끄떡하지 않을
논둑
세우고 있었다

배려 2

매미가
울고 있었다

어디에 있을까 찾을 때마다 어떻게 알았는지 먼저 멈추
고야 마는 울음이었다

울음을 숨긴 잎이던가 잎들은 조금씩 다르고 이 다른 울
음이 있어 나무는 그늘이 되어 있었다 그늘이 출렁일 때마
다 서성거린다

좀처럼 보이지 않아
매미도 따라
서성거렸다

배려 3

누가
밀고 당긴다

고추를 말리고 있다

밀고 당기는 것은
사람이 아니라
햇살이다

햇살은
마르지 않는다

고추가 끄는 대로
그렇게 있을 뿐이다

고추가 가을 햇살을
밀고 당기고 있다

배려 4

나뭇잎이 떨어지고
있다

나뭇잎은 떨어지는 것이 아니라 바람을 몰고 다니고 있었
다 이리저리 구석에 자리를 잡는가 하였더니 다시 더 큰 바
람을 일으키고 서로를 당겨 그늘을 키우고 있었다

몇 년 후에
솟아오를
나무
보란 듯 키우고 있었다

배려 5

소리 없이
내린다

　내리는 눈이 뒷동산으로 가 이제 다 보내야 할 잎들을 낙
엽으로 보내고 보내지 못한 나무에 살포시 내려앉아 잎이
되어 흔들어 보았을까 우수수 바람이 불고 있었다

　가지 못한
　아우성이었다

배려 6

그늘이다

더 이상 뻗을 수 없는
잎과 잎이 서로
제 자리를 비울 때마다
바람이 분다

빛이었다

배려 7

끝이다

나무 우듬지
끝이었다
그 끝에 이르러
밀어내고
미는 만큼 당기는
하늘을 보았다

시작이었다

배려 8

더 이상 뻗을 수 없는
벼랑이었다

뻗을 디가 없어 저 스스로 부서져
흙이 되는 뿌리였다

단단할수록 더욱 생생한
벼랑 위
나무여!

배려 9

두 눈 뜨구
서로
한밤중이다

어둠으로 날구 있는 소리를 향하여 내리쳤다 아뿔싸 또
눈을 감고야 말았다
눈 부릅뜨구 끝까지 보아야 한다는디 모기더냐 아니면
나더냐

눈을 감아
살았구나

배려 10

뒈니 앵두 좀
봐!

다른 해보다 추워
달리지 않는 꽃이었는디

이상하다
많이 남은
앵두를 보구 엄니가
그런다

참 알 수 없는 이치여

앵두가 없은께
다람쥐두 오지 않았어

이렇게
많이 남았당께

배려 11

나무 하나
심었다

　겨울나기 위하여 따뜻한 짚으로 동여매었지만 살아나지
못하였다 차가운 겨울 견딜 수 없는 나무라는 것을 죽은 뒤
에야 알았다 그래 나무도 얼음으로 살아야 한다고 물을 뿌
려 얼음으로 한겨울 나고 있는 겨울나무여!

　불보다 뜨거운
얼음이었다

배려 12

  벼랑이다

  발 디딜 데가 없어 내려가지 못하고 올라야 했다 그때마
다 나타나는 풀은 풀이 아니라 동아줄보다 단단한 목숨이었
다 제 몸무게 견디려 벼랑 틈으로 기댄 풀 한 포기 어느 새
한 사람 밀어올리고 있었다

  너에게로 가는
  길이었다

배려 13

떨어진다
바람보다 먼저

날아야 할
하늘만큼
땅으로 떨어지고 있었다
암수 두 마리
참새였다

날아오른다
바람도
따라 오르고 있다

배려 14

연은
날고 있다

바람
한 점 없어도
연을 띄우는
사람
알고 있다

바람은 불지 않는다

배려 15

어
꽃이 핀다

다리 아파 남과 다른 몸짓으로
더 굽히고 펴 마침내
저처럼 고운
나비더냐

다리 아픈 줄도 모르고
돌고 도는
장구여!

배려 16

줄기가 줄기이기를
버렸다

바람처럼 바람으로 휘어 땅으로 누웠다 비가 올 때가 아
니어서 그런지 웃자라 뿌리로 뻗어갈 때마다 비는 내리고
있었다 꽃잎도 무서웠던지 더욱 작아져 여기저기 솟아오르
고 있었다

비가 그친
자리였다

배려 17

눈이 내린
아침이다

떨어지지 않은 단풍은 여전히 가을로 남아 있었고 눈으로
쌓여 더욱 붉은 햇살로 견디고 있었다

눈이 부신
아침이다

배려 18

아이가
웃고 있다

눈을 굴려 눈사람이 된 지금이야 웃고 있지만 끝내 녹아
눈물이 될 것이라는 것을 아이가 된 눈사람은 알고 있었다

아이가
울고 있다

제3부

바람은 다시 분다

1
장구 소리를 보라
소리에는 마디가 있다

아무리 힘든 날이라도
견디는 마디가 있어
휘어질지언정 부러지지 않는
바람이 살고 있다

휘어지는 만큼
바람은
태어날 소리를 위하여
제 자리를
비운다

2
비우면 비울수록 단단한
마디가 되어
멀어진다

마디가 마디를 넘어
어디가 마디인줄 몰라 숨 찰 때
비로소 돌아오는
바람이다

마디와 마디
서로
넘을 수 없는
소리가 살고 있다

3
서로 넘을 수 없는
소리가 있어
멈출 수 없다

그럴 때마다
서로
밀고 당기는
산이 된다

산과 산이
맺고 풀어
산비둘기를 낳는다

4
이산 저산 부르는
산비둘기
나뭇잎을 키우고

나뭇잎은 또 그늘이 되어
소리를 키운다

그 소리를 따라
구름이 모여들고 구름 끝에
산비를 키운다

5
빗소리 끝
이 골짝 저 골짝
산비둘기 운다

해가 지도록 울어도
끝이
보이지 않던가

나뭇잎은 더욱
짙어간다

6
산빛이 짙어갈수록
산과 산은
가깝다

서로를 분간할 수 없는
냇물이다
그 냇물 끝으로 또 다른
소리를 낳는다

소리들을 따라
덩달아
자운영 꽃이 핀다

7
꽃잎이 키우는
뿌리들이다

다른 꽃들이 숨을 내쉴 때
거꾸로
들이쉬는 꽃이다

부족하면 부족할수록 더욱
풍성하게 피우는
꽃이여!

8
꽃이 벌을
부른다

부르면 부를수록 점점
멀어져 가는
물소리

산빛이 점점
멀다

9
멀어져가는 산빛
서로를 불러
운다

뻐꾹뻐꾹 물 적다고
어둡게 울어
잦아진다

잦아지는 소리
물빛이던가

10
물빛이 키우는
산이로구나

산을 채우는 반달이 있어

노래를 부른다

얼카 산이야 얼카 산이야 산이가 산이지

11
네가 무슨 반달이냐

논배미
넘을 때마다
팔랑팔랑 춤을 춘다

나비야 나비야
산이로구나

12
바람 찬
날갯짓

꽃이 피면 화산이요
잎이 피면 청산일레

가다가 가다가
날 저문다

13
날 저물면 소쩍새 운다

솥 작다고
소쩍소쩍

이 산 저 산
서로
밀고 당긴다

14
밀고 당길 때마다
이 물꼬 저 물꼬
출렁출렁

숫장단 밖으로
부르고

암장단 안으로
답하는구나

잘 하구 잘 하네 어허야 산이가 잘 하네

15
이 산 저 산
산이로구나

두드리면 두드릴수록
오른다

별이 되어
솟아오른다

16
별빛으로 나갔다가 별빛으로 돌아오는
날이면 날마다

물집 생겼다 사라진

손가락
마디 마디 사이로

새로운
별이 뜬다

17
별 따세
하늘 잡고 별을 따자고

마디 하나
늘어간다

마디 마디 서로
넘을 수 없는
소리가 된다

18
보지 말고
놀아보자고

놀다보면
저 스스로 드러나는
별이 되자고

바람은
다시 불었다

제4부

갈 수 없는 고향이다

몇날 며칠을 지나도
가닿을 수 없는
길이다

고향을 떠나본 적이 없어
나도 볼 수 없는
고향이
그곳에 있다
TV를 통하여서만 볼 수 있는
길이다

떠나지 못해
점점 멀어져가는
고향이여!

누구냐

누가
이사를 왔다

　우리와 어울리지 않는 일들과 같이 이사를 오고 가는 것
이 일상이 되었는지 이사를 와도 누가 누구인 줄을 몰랐다
아니 서로 알 필요가 없어 다행이라 생각하였는지 또 이사
를 왔다

　너도 그렇게
떠났던가

폭우로부터

바위 속 물꼬
흔적이다

물이 좋아
사람도
꽃 따라 모였지
논물로 대지 않더니
이곳에서도
물이 사라졌구나

폭우로 드러낸
계곡이었다

대둔산

구름이 비워놓은
자리였을까

바위가 점점 크더니 통째로 산이 되었다 구름이 되지 못
한 자리엔 새들이 날고 있었다 새들이 울 때마다 나무들이
솟아오르고 있다 바위산 뚜렷하게 드러날수록 숲엔 서로 다
른 잎들이 모여들더니 출렁거렸다

청림골이 키운
구름이었다

연꽃으로부터

중복도 지난
연밭이다

덜 피어 있는 것

한창 피고 있는 것

벌써 지고 있는 것

마침내 보이지 않는 꽃들이 있어
가을이 온다

그래서 여태
마을이었다

괜찮어

괜찮어
무어라 하든
정말 상관이 없어

갯괴불주머니를 개미나리라구 부르는
사람두 있어
그랴
마을이 있어 사람이 있는 게 아녀
사람이 있어 마을이 있는 것이여

언제 무엇을 하든
먹을 수 있어 풀이 아니구 나물이듯
먹을 사람만 있다면
그렇게
부르는 것이야
괜찮어

어쩐댜

삿갓배미
논을 갈자면
참말로 어려운 것이여

이제는 내놓아두 부칠 사람 없는 삿갓배미를 어쩐댜 어디
서부터 쟁기를 대여야 할지 몰라 어쩐댜 하면서두 할 것을
다 하였던 살가운 맘들이 모여 저물고 있다

그렁그렁
떠오르는 눈동자
그대여!

알았어

아니라구 늘 아니라구
뽑히고 뽑혀도
산다

질경이
사는 곳이던가
뿌리를 내린다 더욱
아니라구 하면
보인다

외진 마을
만악골이었다

그랴그랴

눈 뜰 때마다
비 내리는
날

세상 것들
모두 녹아들 때두
물처럼 저 스스로
힘을 키우는 쇠비름이여

그랴그랴
물 없어
물 찾아 자리한 마을
눈곱만 한 햇살이던가

나무로부터

사람들 하나둘 떠나도
집들은 남아
마을이다

새 주소로 바뀐
대문이다

사람이 살지 않아도
마을을 알리는
숫자다

빈집
지키고 있던
오래된 배나무였다

그랴
바람이 분다

바람 따라
벌써

이사를 온 사람들
두 집이나 된다

단풍취로부터

놀라운 일
아니여

산이 좋아 산으로 그늘진 언덕 꽃씨들이 바람으로 날구 새들에 실려 옮겨 살구 있듯 단풍을 닮았다구 단풍취라구 부르는 사람들 하나 둘 늘어 저절로 마을이 되었지

이제 놀랍지
아니여

벌금자리로부터

아직 아녀
봄이
아니다 싶을 때였지

겨우 몸을 세워
서둘러 떠난
사람아!

떠난 지
40년이다

찬바람 불면 엎드리구
엎드린 만큼
솟아오른다

약물내기 논둑
벌금자리여

여전히
봄보다 먼저로구나

명아주로부터

그늘진 마당귀마다
피었다

해마다 실하게 자랐지 다 자란 자식들 모두 떠나 노인뿐
인 마을 언제 다시 올까 기다리는 날만큼 꽁꽁 동여맨 빗자
루 늘어만 갔다

쓸리지 않는
그늘이었다

뽕잎으로부터

뽕 따러
오네

오를 대로 오른 혈당을 낮추는디 좋다구 오고 또 오는구
나 내려야 할 혈당처럼 아무도 모르게 솟아오른 뽕잎 혈당
낮추는 게 오르고 오른 만큼 걸으라 하네

뽕 따러
가세

넝쿨로부터

넝쿨 좋다구 다
좋은 게
아녀

무성한 넝쿨을 보고 미리 걱정을 하였지 해가 갈수록 뜸한 자식놈들처럼 고구마 잘 들지 않을까 줄기를 꺾는다 꺾으면 꺾을수록 더욱 실하게 뻗어가는 허전한 날이여!

자식 많다구 다
좋은 게
아녀

산촌으로부터

여기서부터
멀다

기침을 하라 하네 아무도 없는 산속에서 짐승처럼 길을
만들며 간다 기침을 하면 할수록 멀어져간다 기침소리 낼
힘마저 잊었을 때였지 기침에 좋다는 산더덕 향기처럼 거
기 있었네

또 다른
마을이었다

나비로부터

마을이 사라진다구
한다

사람 하나가 집 하나로 살아가는 마을에 10년이면 다 묵을 거라 짐작한 논밭이다 낯익은 풀꽃도 점점 보이지 않아 이제 올 것이 왔구나 싶은 날이었다 사라진 줄 알았던 나비가 보이기 시작하였다

낯선 사람
하나
집을 짓기 시작하였다

찔레꽃으로부터

너와 나
하나였지

가을걷이하면서 물을 빼 흙마저 저 스스로 힘을 쓸 수가
없었는지 무너진 논둑을 다시 붙인다 물인지 흙인지 나눌
수 없는 논물을 당기고 밀 때마다 산비둘기 힘을 보태더니
점점 멀어져 간다 멀어져 가는 만큼 배가 고파 올 때 쯤 누
가 논물로 출렁 힘을 보태고 있다

찔레꽃
피고 있었다

쫑지로부터

비가 오지
않았다

캘 때가 되어두
비는 오지 않았다

비두 오지 않아
꼿꼿하게
서 있어야 할
대궁이었다

하루가 다르게
주저앉았다

쫑지를 올리지 못해서
그렇다구
엄니가 그랬지
보았어야 좋은디
걱정이라구

오지 않는 자식
걱정처럼
내년 마늘 농사
걱정하였다

물로부터

어린 고추모
심는다

흙살은 조심조심 무너졌다 지가 고추인 듯 다소곳하게 뿌리를 펴 서로를 껴안고 축축하게 세우기 시작하였다 바람 오기 전 넘어지지 않으려 묶고 있는 것이다

바람이 당긴
물이었다

기화氣化의 서정

권덕하(시인)

　안용산 시인은 산천이 아름다운 충청도 금산에 살고 있습니다. 시인은 고향땅 맑은 강물과 산바람과 하나가 되어 놀고 일하며, 고향사람들과 함께 철따라 "삶꽃"을 피우며 너울가지 좋게 지내고 있습니다. 그는 이웃들이 제 자리를 지키며 살아온 내력을 보존하는 일에 남달리 부지런하고, 고향사람들이 대대손손 살아온 방식을 이어서 되살리고 그런 삶의 곡절이 지닌 흥과 한을 소리로 풀어내며 참따랗게 살아가고 있는 것입니다. 오랜만에 시인의 일터인 금산문화원을 찾았을 때 들고 갈 수 없을 만큼 많이 그가 챙겨준 것은 금산 사람들의 문화를 담은 서적들과 서른 해 동안 해마다 거르지 않고 여러 시우詩友들과 함께 펴냈던 '좌도시' 시집들이었습니다. 저녁을 먹고 이어진 자리에서 시인이 들려준 것은 금산 물페기 소리였고 그것은 한없이 이어지는 신명이었으며 고향을 떠나서만이 먹고 살 수 있는 것처럼 가살을 떠는 도시 사람들에 대한 은근한 경종이었습니다.

대전 선화동 어름에서 처음 만났던 젊은 시절부터 지금까지 마주할 때면 시인은 여전하게 말없이 정겹게 웃기부터 합니다. 몇 년 전에 좌도시회를 기웃거리던 참에 옛날처럼 흐뭇한 표정을 한 이가 있어 보니 역시 안용산 시인이었습니다. 만날 때마다 재밌는 놀이를 알려주거나 뭔가를 만들어주고 싶어 하는 고향 형님같이 웃음을 머금는 그는 회화나무처럼 의젓하기도 하고 호두나무처럼 푸짐하기도 하고 때로는 참죽나무처럼 그립게 늘 그 자리에 서서 그늘을 드리워 바람을 머물게 하고 고향 땅속 깊이 뿌리를 내리고 있습니다. 터무니를 꽉 움켜잡고 있는 터주노릇을 하며, 놀 때면 시인은 장구를 치고 돌무를 돌리고 멋들어지게 농요를 부르며 흥을 돋우고 한을 풀어내는 예인으로 처신하며, 우리가 잊고 살던 시간을 단박에 찾아주고 맙니다. 이십여 년 전 전주대사습놀이에서 금산농악이 장원을 했을 때도 그는 그 자리에서 흥겹게 장구를 치며 놀았고 그러다가 태평소를 불던 장사익을 만나게 되었고 그에게 건네준 좌도시들이 하나 둘 노래가 되고 대중의 사랑을 받아 한 인생의 길을 터주었으니 당대의 소리꾼이 "좌도시는 내 노래의 원천"이라고 고마워하는 인연도 시인이 "참 잘 놀았다"(「풍류 1」) 싶을 때 자연스럽게 생겨난 결과였던 것입니다.

개인 시집과 좌도시 시집을 통해 발표하는 안용산 시인의 작품을 접하면서 참 자유롭게 시를 쓴다고 느꼈습니다. 안용산의 시는 산이나 구름, 또는 거기에서 노니는 바람이

나 물처럼 거침이 없습니다. 시라는 형식과 내용에 구애받지 않고 자연스럽게 이어지는 표현들은 별다른 꾸밈이 없어 관습적이거나 타성적인 인식을 훌쩍 벗어나버립니다. 살면서 노닐다가 흥얼거려지는 말들이 기운을 타고 살아나 색다르게 반복되면서 삶의 애환을 어루만지며 주위를 물들이다보면 어느덧 뜻을 얻고 깊어져 삶을 풍요롭게 하는 노래가 됩니다.

> 내가 노는 곳이면
> 모조리 꽃이 된다네
> 내가 노는 곳이면
> 너나없이 나비 되어
> 들을 부르구 산을 부르구 끝내 바람 불러 들인다네
>
> —「꽃나비」부분

그의 노래는 남이 되어 남을 불러들여 너나없이 하나가 되어 부르는 소리이며 "어디랄 것 없이/ 모든 날을 물들이는/ 빛깔"이고 "비우면 비울수록 생생하게/ 살아 오르는 허공"(「풍류 1」)이고 "별처럼/ 서로 기댈/ 산"(「산이야 놀자」)입니다. 그의 시는 산이 되어 산을 부르는 노래인 것입니다. 시는 이렇게 삶에서 태어나 삶을 돌리다 삶으로 돌아가는 소리이며 살아가면서 저절로 솟아나 뜻을 여미는 것이요 살아낸 바를 다지고 공들여 빚어낸 먹이인 셈입니다.

안용산 시인은 '시인의 말'에서 밝혔듯이 "모든 것들이/

기화氣化로부터 오고 있음을/ 보았다"고 합니다. 이번 시집은 그동안 발간한 시집들의 근간을 이루고 있는 "기氣의 운화運化"에 밀착하여 기화의 필연성에 주목함으로써 존재의 기화가 실재함을 밝히고 있습니다. 이때 기화는 너와 나 사이에 존재하는 실체로서 정서와 사유의 바탕이 됩니다. 따라서 그의 시는 "혈기와 심기가 습염習染한 바"에 기댄 일방적인 감정의 분출이 아니라 "운화의 기를 몸소 살펴 이것을 미루어 신심의 기에 도달한" 표현이고 "모름지기 이 신심의 기로써 운화의 기를 받들어 섬기는"(최한기, 『기학氣學』) 사이에 자연스럽게 펼쳐지는 서정인 것입니다. 그의 시는 기氣를 궁구하고 밝히는 과정에서 생겨난 신명나는 노래요 모든 존재자들이 서로 밀고 당기면서 표현을 주고받는 자리마다 피어나는 기화氣花입니다. 그의 시집에서 운화를 통한 인식이 뚜렷한 시, 기화를 통해 얻은 득음을 온몸으로 듣고 고정된 이미지를 거부하고 생동하는 기운을 느낍니다.

시인의 눈길이 가는 곳에는 "비탈져 햇살도 드문 응달에 환하게 피어 있는 꽃 그래서 참꽃"(『참꽃』)이 있고, 발길이 닿는 곳은 "서로 부르는/ 돌 사이/ 도란도란" "철없이 흐르는/ 봇물"(『이게 무슨 소리여』)이 있고, 시인의 손길이 어루만지는 곳은 "만나기만 하여도/ 서로/ 햇살이 되고야"(『몸짓이여』) 마는 나팔꽃과 할머니 숨결이 있습니다. 그래서 새벽 햇살로 반짝이는 논물을 보고 "달빛을 쓰레질하고 있는 흙살"(『때가 되었다』)을 읽으며 손으로 모를 "꽂을 때마다 어느새 돌아와 채우는 물살을 보고 어린 모 땅내를 맡으리"(『니가 있어 살맛이다」라고 미루어 짐작하여 시인은 "살맛"을 느낄 수 있습니다. 시인이 몸소 한 참을 살피는 곳마다 "서로 부딪치는/ 틈"(「그대여」)이 있고 논물 잡을 때 윗논과 아래논 사이에서 "붙일 수 없어/ 틈"인 "큰 구멍"(「큰 구멍이다」)을 봅니다. 거기에서 "너를 만나 내가"(「그대여」) 되고 "나무와 딱따구리 서로 궁채와 열채 되어 숲을 두드리고"(「숲길을 가다」) 서로를 살리는 현장에서 참된 장구소리의 원형을 듣습니다. "별들이 보이지 않는/ 이 땅에서 살아가자면/ 지울 수 없는 너라도 있어야 한다구" 하며 시인은 "서로 기댈/ 별"(「아직두 별이다」)을 부릅니다. 시인은 이렇게 사이를 통해 영원한 현재로 존재하는 것을 보고 노래합니다.

인간이라는 말에 담긴 뜻대로 사람은 사람들 사이에서 태어나고 사람들 사이에서 존재합니다. 그런 사람들이 모여 마을을 이루고 사람들 사이에서 느끼고 사유하고 행동하며 살아가는 것이 인간입니다. 사람끼리 서로 통하고 공감하며 사단칠정四端七情을 나누는 것이 인간이며, 사람 사이로 부는 바람결에서 인간적인 온기를 느낄 수 있어야, 신바람이 나는 것이 사람인 것입니다. 사람 사이에 꽃이 피어 있고 열매가 맺히는 것을 우리는 아름답다고 합니다. 안용산 시에서 존재는 이런 사람 '사이'에 있으며 거기에서 뭇 존재자들이 '서로' 관계를 맺습니다. 나의 존재는 너와 나 사이에 있고 너의 존재는 나와 너 사이에 있습니다. 사이에서 존재하며 서로 관계를 맺는 것이 존재자입니다. 나는 내 등을 볼 수 없으나 나와 거울 사이에는 약간 보이는 것과 보이지 않는 것이 존재합니다. 보이는 것과 보이지 않는 것 사이에 존재의 기운이 있습니다. 호르헤 루이스 보르헤스의 말대로 맛은 내 입에 있는 것도 아니요 사과에게 있는 것이 아니라 사과를 먹을 때, 곧 너와 내가 마주칠 때 맛나거나 맛있는 것이 생기는 것입니다. "향기는 코로부터 오지 않는다"는 시적 진술이 암시하듯이 향기는 꽃 자체에 있는 것이 아니요, 코 자체에 있는 것도 아닙니다. 꽃과 나 사이에서 존재하고 생성되는 것이 향기입니다. 나에게 다가와 마주치는 것, 향기는 그런 시공간적 존재입니다. 꽃과 나 사이를 스쳐지나가는 기화의 여운이 향기의 존재입니다. 존재는 사이에서 운화합니다. 향기의 강도는 시시때때로 다릅니다. 기운은 시차를 갖고 운화하고 바람의 강도도 순간순간이 다릅니다. 나와 너 사이에서 너에게 나를 비출 때 나의 존재는 의미를 띱니다. 너는 그러나 재현하는 거울이 아니라 표현하는 거울인 것이니, 네가 있기에 내가 있습니다. 게다가 존재는 이미 있는 미래, 영원한 현재이기도 합니다. "그 누가 숨겨놓은 그때"도 "어디에 있을까/ 아무리 찾아두 보이지" 않더니, "잊어버리자구 돌아설 때/ 손에 잡혀 있는"(『그때여』) 것입니다. "떠날/ 때"도 "꽃씨하나 지가 살아야 할 디"이며 "민들레"가 "당기고 있"는 바닥(『바닥이다』)입니다.

　안용산의 시에서 틈과 때와 참이 하나로 돌아가며 부딪치는 것이 기화입니다. 그것의 흔한 보기가 바람의 현상으로 드러납니다. 시인은 바람이 북돋는 기운과 바람이 배려하는 현상을 보는 것입니다. "바람/ 한 점 없어도/ 연을 띄

우는/ 사람/ 알고 있다"고 자연의 이치와 이법을 배려로 읽
는 시인의 눈이 맑습니다.

끝이다

나무 우듬지
끝이었다
그 끝에 이르러
밀어내고
미는 만큼 당기는
하늘을 보았다

시작이었다

—「배려 7」전문

사이를 통하여 끝까지 바라보니 시작인 "벼랑", 그 시공
간의 낙차가 큰 곳에서, "단단할수록 더욱 생생한"(「배려 8」)
기화를 읽는 시안詩眼이 있습니다. 그의 표현은 부정적 진
술에서 끝나는 것이 아니라 거기에 생동하며 존재하는 것
을 긍정하여 드러냅니다. 그 표현은 "알 수 없는 곳으로부
터 다가와야/ 꽃"(「향기는 코로부터 오지 않는다」)이고 "기다릴 수
없는/ 물/ 그 끝에 이르러/ 마침내 논물이 되고야 마는/ 물
꼬"이며 "가물면 가물수록 더욱/ 깊어가는/ 소리"(「물꼬로 가
자」)로 나타납니다. 시인은 "동무 하나" 떠난 자리는 "눈발이

103

먼저 와/ 놀고 간/ 자리"이고 그 자리에 "복수초 하나"(「바람이 놀다 간 자리」) 피었다고 씁니다. 이런 부정과 긍정이 양립하여 있는 것이 안용산 시가 지닌 존재의 역설입니다. 나를 통해 나를 알 수 없고 너를 통해 나를 발견하며 잇달아 이어져 있는 이런 존재 인식의 세계에서 그의 시는 기화를 표현합니다.

저를 알지 못한다

자기 소리를 들을 수 없었다

장구는 자기 소리를 들을 수 없어
꽹과리 소리를 들을 수 있었고
더러 징소리를 들으면서
북소리와 어울리고 있었다

다른 소리를 잊고
자기 소리를 듣게 될 때면
소리들이 놀라 서로
바라보는 것을 알았다

자기를 듣지 못해
답답하거나 불편하지 않았고
듣지 못할수록 더욱

신이 나 두드리고 있었다

마침내
너를 보았다

―「나를 보았다」 전문

안용산의 시에서 사람을 포함한 존재자들은 서로를 비춰 주어서 남은 나를 볼 수 있는 거울로 존재합니다. 그렇다고 남은 나를 단순하게 재현하는 것이 아닙니다. 미하일 바흐친의 말처럼 나는 내 머리채를 잡고 위로 끌어 올릴 수 없습니다. 나를 들어 올릴 수 있는 존재는 남입니다. 남을 통하여 나는 나를 발견할 뿐입니다. 그렇다고 남이 인식하는 내가 나의 전부일 수는 없습니다. "남은 나에게 없는 것이 있는 존재이며 나도 역시 남에게 없는 것이 있는 존재"(졸저, 『문학의 이름』)이기 때문입니다. 저마다 제각기 제자리에서 제 색깔과 제 모양을 지니고 제 소리를 내며 제 이름에 걸맞게 제대로 있는 것을 볼 수 있는 남이야말로 인식의 잉여를 나눌 수 있는 소중한 존재라는 생각이 안용산의 시 바탕에 깔려 있는 것입니다.

잎인가 하였더니
나뭇가지로 다가오고
잠시 나무로 모여들더니

어

느
새

얼음 녹아
산 하나 통째로 비추고 있는

물속

누가
바라보고 있었다
　　　　　　　　　　—「아직까지도」 부분

　　이런 상호 잉여적인 것을 인정하는 시 세계에서 남을 통
해 나를 살피고 나와 남이 서로 봐주고 보살피는 상생의 관
계를 맺고 있는 존재자들은 주체와 객체로 구분되지 않고
서로 밀고 당기는 상호 표현적 관계 또한 맺고 있습니다.

　　나무는 저를
　　몰랐다

　　저를 몰라
　　날마다
　　꿈을 꾸기 시작하였다

　　나무가 꾸는 꿈은

106

여태까지 보지도 못하고

들을 수 없는

바람이었다

……

나무가 저를 몰라

아직도

바람 불고 꽃을 피우니

벌과 나비 저인줄로 알고

계절마저 바뀌지 않았다

—「어떤 바람」 부분

　이렇게 모르는 것을 아는 것처럼 착각하지 않는 경지에서 이런 존재자들이 맞물려 돌고 돌며 기운이 나고 바람이 나며 신명이 생깁니다. "제 몸에 없는 또 다른/ 바람"(「돌고 돌아라」)이 불 때 남들로부터 얻는 표현인, 시는 너와 나를 이어주는 기운이고 주문입니다. 시는 돌고 돌아 바람을 잡고 신명을 일으키는 소리요, '돌무'인 셈입니다.

　안용산 시인의 소리는 기화의 표현입니다. 그 소리는 전자악기로 만들어지고 편집된 음향과 다릅니다. 감각이 편향되어 시각 중심이고, 소유감각만 발달한 시대에 기계가 만들어내고 재생하는 음향은 자연스럽지 못하고 마치 인공조미료로 맛을 낸 것 같습니다. 어떤 의미에서 완벽한 기계

음에 우리는 어느덧 익숙해지고 그런 기계음은 시각 이미지와 결합되어 자극적으로 위력을 발휘합니다. 이런 소리에 정신을 빼앗기면 사람들은 인간의 자연스런 목소리를 귀 기울여 듣지 못합니다. 기계와 사람 사이에서 공감은 오로지 개인의 정서 상태에 좌우될 뿐입니다. 사람과 사람이 서로 공명하고 공감하는 것이 아닌 이런 상태에서 인간은 소리로부터 소외되고 외로움은 깊어집니다. 이러하니, 때와 자리와 분위기를 따라 자연스럽게 나오는 소리에 저절로 몸과 마음이 동하여 같이 움직이고 주거니 받거니 하며 서로 어울려야 흥이 돋는 소리의 제 맛을 느끼기 힘듭니다. 기계로 재생하는 음악에 이목이 익숙해지면 천기운화에 소홀하여 제자리에서 영원히 변함없이 살아 숨 쉬는 자연의 흥겨운 장구 소리나 북소리를 듣지 못하는 것입니다. 그리하여 "운화하는 큰 기운이 항상 피부와 뼈를 두루 적시는데도 물과 물고기가 서로를 잊듯이 이것을 형상이나 형체가 없다고 하기에 이릅니다"(『氣學』).

장구 소리를 보라
소리에는 마디가 있다

아무리 힘든 날이라도
견디는 마디가 있어
휘어질지언정 부러지지 않는
바람이 살고 있다

휘어지는 만큼

바람은

태어날 소리를 위하여

제 자리를

비운다

　　　　　—「바람은 다시 분다 1」 전문

　「바람은 다시 분다」라는 장시는 안용산 시집의 시학을 잘
말해줍니다. 이 시에서 핵심어는 바람과 소리, 그리고 마디
입니다. 소리는 노래요, 시인데 시인은 소리에 마디가 있고
그 마디에 바람이 살고 있으며 이 바람이 "태어날 소리를 위
하여/ 제 자리를/ 비운다"고 합니다. 다시 말해서 소리와 바
람은 하나로 혼연일체가 되어 "밀고 당기는/ 산이 되고" "산
과 산이 맺고 풀어 산비둘기를" 낳고, 이 "산비둘기/ 나뭇잎
을 키우고" "나뭇잎은 그늘이 되어/ 소리를" 키우며, "그 소
리를 따라/ 구름이 모여들고 구름 끝에/ 산비를 키운다." 이
렇게 모든 존재자들이 서로 어울리며 잇달아 이어져 서로를
낳고 키우는 존재활동을 멈추지 않고 맞물려 돌아가는 세계
를 시인은 되풀이하여 그리고 있는 것입니다. 존재자들이
사물화 되고 그 사이가 단절된 채 어울리지 못하고 각자 도
생하려고 경쟁만 부추기는 시대에 그의 시가 보여주는 세계
는 우리와 세상의 본모습입니다. 시인은 모든 그릇된 현상
들이 얽혀있는 모순을 근원으로 되돌아가 살펴보고 있는 것

입니다. 그래서 시인이 "얼카 산이야 얼카 산이야 산이가 산이지"라고 되풀이하여 노래하는 것은 근본적으로 산, 곧 낳고 기르는 일이 기화이며 이 끝없이 생기고 일어나 이어져 내려오는 유장한 삶의 기화지리氣化之理를 밝히고 있는 것입니다. 이때 바람은 자유로운 생기이며, 소리는 바람을 타고 나타나 생동하는 삶의 표현입니다. 소리는 항산恒産의 처지를 상기하고 새로운 지평을 열어주기에, 늘 살아 움직이는 생생한 현재입니다.

찬란했던 여름햇살이 여위고 기울면서 사뭇 깊어가고 아침저녁마다 길섶의 이슬이 영글어가고 위아래로 선들거리는 바람이 제법 상량해 질 때 눈길은 자주 먼 곳을 향하게 됩니다. 절기는 어김없이 찾아와 멀리 보이는 들판마다 가을꽃들이 자욱하게 일어나고 까닭 없이 마음이 스산해지면 툇마루에 머무는 볕에서도 쓸쓸한 기운이 묻어나 말이 적어지고 그리움에 가슴이 텅 빈 것만 같습니다. 가슬가슬한 베갯잇에 얼굴을 묻어도 쉬이 잠이 오지 않는 밤이면 옛날 생각이 새록새록 돋아서 벌레들 소리를 타고 별빛을 타고 오는 것이 있으니 일어나 불 밝히고 시집 갈피를 펼치면 고향 생각에 사무칠 때가 있습니다. 백석의 정주, 소월의 영변처럼 시인에게는 금산이 자리 잡고 있는데 돌아갈 고향이 없는 사람들도 많습니다. 남십자성을 볼 수 없어서 가족사진을 고향 삼아 바라보다 지쳐 잠든 사람들도 있습니다. 왜 모두 고향을 떠나와 결국 고향을 그릴까요. 그것은 고향이 나를 있게 해준 추억과 잃어버린 시간이 깃들어 있는 곳이기 때문입니다. 고향은 영혼이 생기고 얼을 이어받은 곳이기 때문입니다. 시의 태반이 거기의 삶이고 삶이 피운 꽃, 곧 '삶꽃'을 피울 수 있는 터전이 고향이기 때문입니다.

시인은 그러나 고향을 달리 보려고 합니다. "고향을 떠나 본 적이 없어/ 나도 볼 수 없는/ 고향", "떠나지 못해/ 점점 멀어져가는/ 고향"(『갈 수 없는 고향이다』)을 찾아가려고 합니다. 이런 고향에 대한 새롭고 역설적인 인식은 고향 마을이 사라질 위기에 처해 있다는 사실에서 비롯합니다. "서로 알 필요가 없어 다행이라 생각하였는지" "이사를 오고 가는 것이 일상이"(『누구냐』) 된 상황에서 시인은 마을이란 것이 무엇이고 어떻게 생겼는지 거듭 말합니다. 마을이 있어 사람이 있는 게 아니라 사람이 있어 마을인 것인데, 더 깊이 들여다보면 "보이지 않는 꽃들이 있어/ 가을"(『연꽃으로부터 오고』)이 오고, "먹을 수 있어 풀이 아니구 나물이듯" "먹을 사람들"(『괜찮어』)이 있어 마을이고, "저 스스로/ 힘을 키우는" "물 찾아 자리한 것이 마을"(『그랴그랴』)이고, "단풍취", "벌금자리", "뽕잎"이 있어 마을이고, "산더덕 향기처럼 거기"(『산촌으로부터』) 있는 것이 마을이고, "뽑히고 뽑혀도"(『알았어』) 사는 질경이처럼 외지지만 "그래서 여태/ 마을"(『연꽃으로부터』)인 것인데, 고향에서 사람들과 마을이 사라지고 말 것 같은 상황을 보며 시인은 안타까워하고 있습니다.

안용산의 시는 모든 존재자들의 특이성을 깊이 사랑한 자취입니다. 시인은 그렇게 사랑한 일을 시를 통해 기억합니다. 흥겹게 놀며 사랑한 시간만이 되찾을 수 있는 법이라서 시간은 흘러가는 것이 아니라 잃어버리는 것이어서, 되찾을 수 있다지만 사랑하지 않고서는 그 시간들이 되돌아오지 않을 것입니다. 그 사랑하는 것들이 죄다 고향 마을에 깃들어 살고 있습니다. 고향의 일터와 놀이터와 마을에 살아 숨쉬고 있습니다. 안용산 시인의 여섯 번째 시집은 저 스스로 주인인 임자 없는 것들의 자태와 본색을 드러냄으로써, 제 깜냥대로 제자리를 지키며 제멋대로 제 소리를 내며 어울려 놀고 있는 너와 나를 모시는 데 온전히 바쳐지고 있는 것입니다. 이제 곧 오랜 세월을 함께한 일터를 떠날 시인의 마음을 헤아리기는 힘들 것입니다. 다만 일터와 삶터가 하나였던 시인에게 크게 달라질 것이 없어 보입니다. 일터를 마무리하는 마음과 새로운 삶을 다짐하는 소리로 더욱 뜻깊은 이번 시집은 시인의 문학 편력에 큰 의미가 있을 것입니다. 한결같이 생산하는 산으로서 제 때 어김없는 기화의 서정이 사뭇 풍요로운 사랑가인 안용산 시인의 들노래, 산소리는 앞으로도 끝없이 이어져갈 것입니다. 그리움이 깊어갈 가을에 이 시집을 넘나들고 있는 상서로운 기운을 많은 분들이 맛보시고 잃어버린 시간을 되찾는 청복도 함께 누리시면 참 좋겠습니다.